Eric & Julieta

Como mamá
Just Like Mom

SCHOLASTIC INC.

New York Toronto London Auckland Sydney
Mexico City New Delhi Hong Kong Buenos Aires

ISBN 0-439-78369-0

12 11 10 9 8 7 6 5 4 3 2 1   5 6 7 8 9 10/0

Printed in the U.S.A.   23

First bilingual printing, September 2005

Book design by Florencia Bonacorsi

Para mi mamá y mi papá, hoy es un día muy importante.

Today is a very special day for my mom and dad.

Por eso están descansando.
Me pidieron que no hiciera ruido y que jugara con Julieta.

That's why they're resting.
My job is to play quietly with Julieta.

Va a ser difícil que Julieta no haga ruido.

But that is hard. Julieta is never quiet.

A Julieta le gusta
molestarme.
Con lo grande que
es el patio, ¿tiene que
sentarse justo acá?

Julieta likes to
bother me.
Our yard is so big.
Why does she sit
right next to me?

—Esta noche viene la abuela a cuidarnos.
—¡Viva! —dice Julieta y aplaude.

"Grandma will baby-sit us tonight."
"Yay!" says Julieta. She claps her hands.

Yo quiero mucho a mi abuela, pero prefiero que mamá y papá se queden en casa.

I love my Grandma. But I like it better when Mom and Dad stay home.

—Julie, ¿vamos a mirar la ropa que mamá se pondrá esta noche?

"Julie, let's see what Mommy will wear to the party!"

¡Viva!
Yay!

¡Qué linda va a estar mami esta noche!

Mommy will look so pretty tonight!

—¿No te gustaría probarte la ropa de mami?

"Do you want to try on Mommy's clothes?"

—¡Shhhhhhh! Julieta, te dije que no hicieras ruido.

"Shhhhhhhh, Julieta! We must be very quiet."

—¡Estás hermosa!
Lástima el collar, ¿no?

"You look beautiful!
Oh, no! Mommy's
necklace broke."

—Falta un poco de maquillaje, nada más.

"All you need is a little make-up."

—¡Una princesa!
¿Dónde está el perfume chiquito de mamá?

"You're a princess!
Where is Mommy's perfume?"

—Ahora sí que estás lista.
A ver cómo camina la princesa...

"Now you're ready!
Show me how a princess walks."

¿Y yo qué hice?
¡Si la que se puso la ropa de mami fue Julieta!

Who, me?
Julieta was the one who put on Mommy's clothes!